# Mi hermano es un pez



edebé

Daniel Tejero y Roberto Malo

# Mi hermano es un pez

Ilustraciones: Sofía Balzola

edebé

© Ed. Cast.: Edebé, 2017
Paseo de San Juan Bosco, 62
08017 Barcelona
www.edebe.com

Atención al cliente: 902 44 44 41
contacta@edebe.net

*Directora de Publicaciones:* Reina Duarte
*Editora de Literatura Infantil:* Elena Valencia
*Diseño de colección:* Book & Look

Primera edición, marzo 2017

ISBN 978-84-683-3107-2
Depósito Legal: B. 735-2017
Impreso en España
Printed in Spain
EGS - Rosario, 2 - Barcelona

*Dedicado a todos los refugiados,*
*en especial a los que más sufren, los niños,*
*cuya infancia les es robada*
*en algún lugar de este mundo.*

*Parte de los beneficios de este libro irán destinados a*
*la ONG Save the Children*

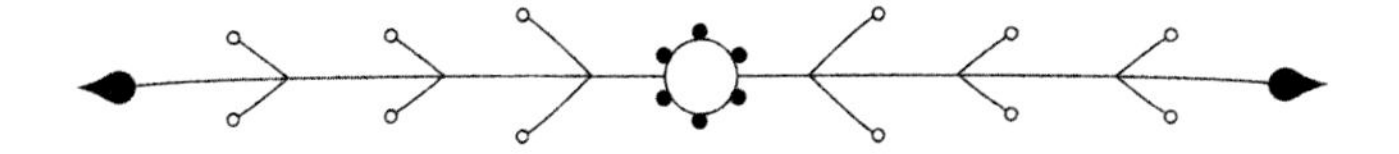

Mi nombre es Salima. Soy una niña. Nací en una tierra donde las estrellas brillan tan fuerte que pueden convertir la noche en día.

Ahora vivo en otro país. Es muy bonito. Vivo al lado del mar. Y cuando el sol se levanta por las mañanas forma espejitos sobre las pequeñas olas.

Pero aquí hay tantos coches y luces que las estrellas se olvidan de salir por las noches...

Tengo unos papás nuevos que me cuidan y me quieren muchísimo.

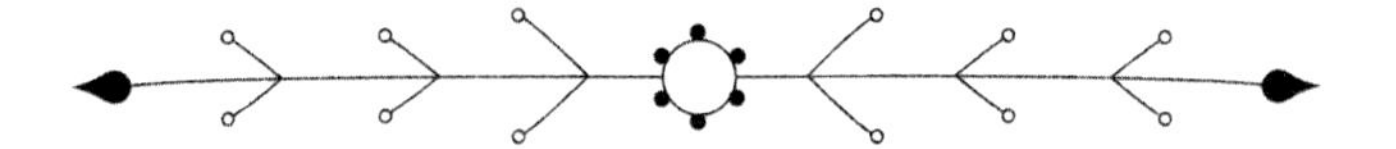

Me llevan a un colegio con unas clases preciosas donde aprendo su idioma, sus costumbres y muchas cosas más: dibujo, leo, canto, bailo...

Inés es mi mejor amiga. Jugamos al pillapilla, o a la pelota, y juntas imaginamos vivir como princesas en enormes castillos donde celebramos nuestras fiestas.

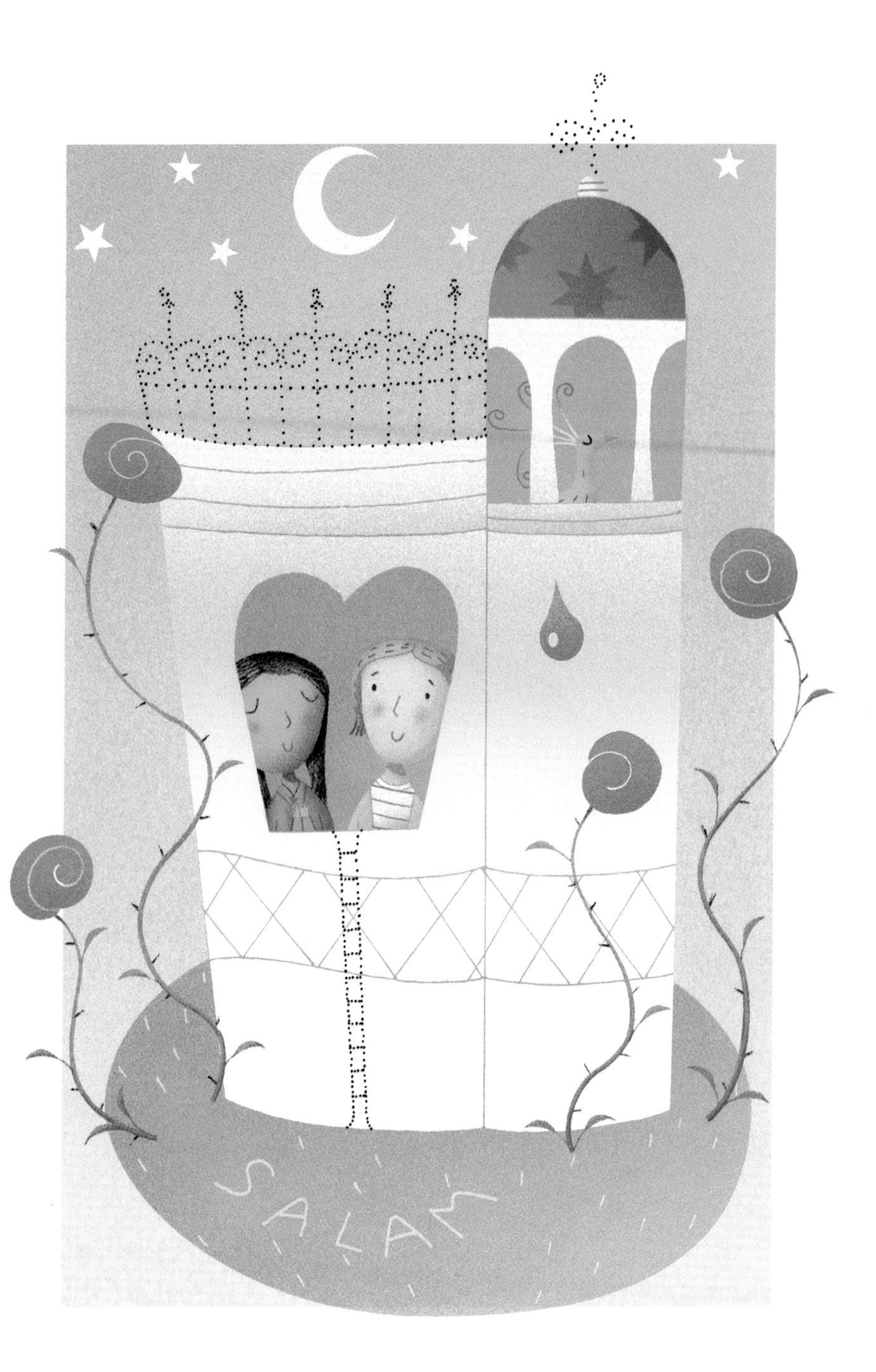
SALAM

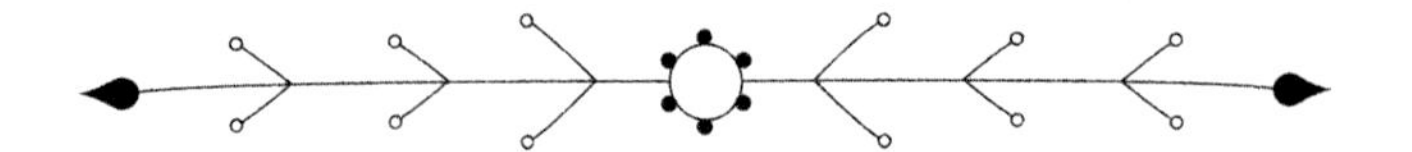

Otros compañeros de clase no juegan conmigo.

Algunos se hacen los locos.

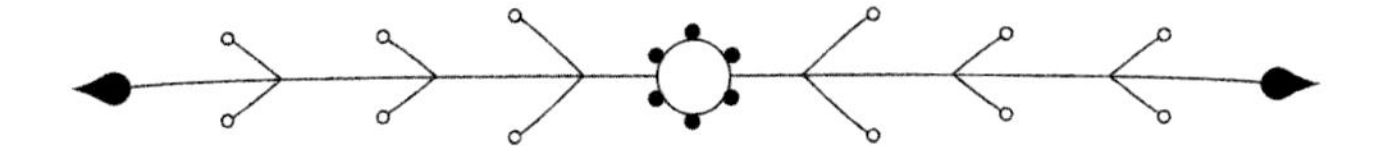

Otros dicen que soy rara, distinta, que no me parezco a ellos.

Yo me miro en el espejo y no sé a qué se refieren.

Tengo dos ojos, dos orejas, una nariz..., y si abro mucho mucho la boca, veo que tengo los mismos dientes.

A veces alguno me hace burla, pero Inés siempre me defiende y acabamos riéndonos.

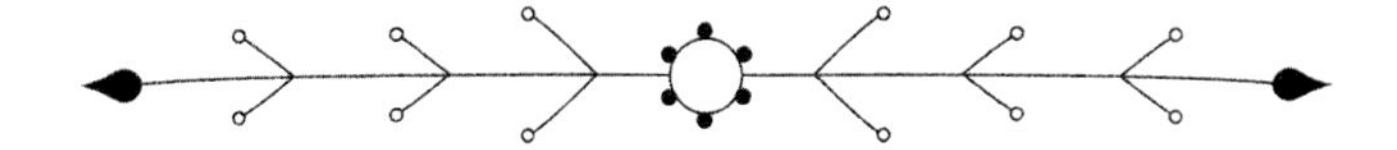

El otro día la profesora Ana nos reunió sentados en un círculo y nos dijo que contáramos una historia cada uno, como un cuento.

Yo me puse nerviosa porque no sabía muy bien qué decir.

Unos hablaron de fútbol; otros contaron divertidas historias de vacaciones. Inés nos habló de su hermano pequeño Andrés y de cómo rompía todos sus juguetes.

—¿Y tú, Salima? —me preguntó la profesora—. ¿Qué historia quieres contarnos?

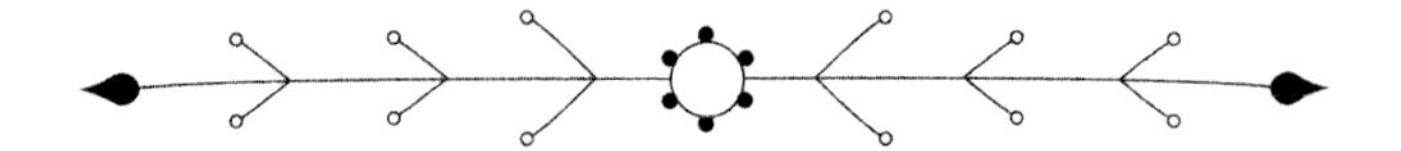

De repente me puse roja como un tomate.

—¿Tiene que ser de verdad o inventada? —acerté a murmurar.

—Como tú prefieras... Todos te escuchamos.

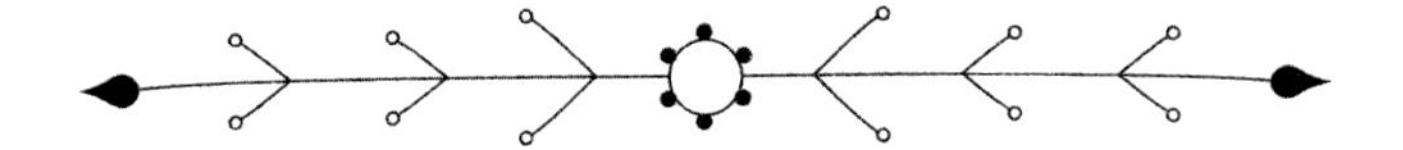

Después de unos segundos, algo brotó de mis labios con suma facilidad:

«Está bien. Voy a contaros la historia de mi hermano Samir.

Mi hermano mayor Samir es un pez. Vive en el mar.

Cada tarde me acerco a la playa y lo veo venir alegremente saltando sobre las olas.

Yo me meto hasta las rodillas y juntos hablamos de nuestras cosas.

Yo le cuento las mías: hoy he comido arroz y pollo con patatas, he jugado al escondite, he aprendido nuevas palabras…

Y él me cuenta las suyas: he logrado tocar fondo mar adentro, he conocido

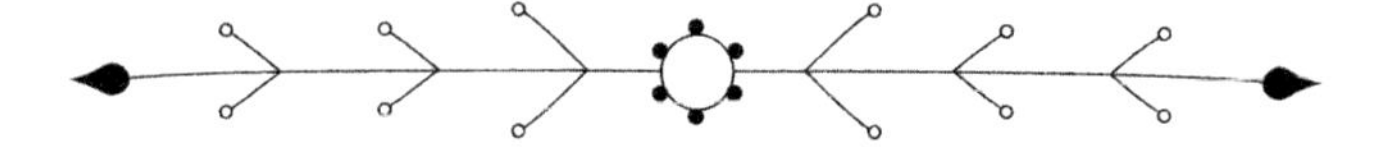

a unos pulpos muy simpáticos, he jugado al «tú la llevas» con un atún muy veloz...

Los dos nacimos en la misma tierra, y tuvimos un papá y una mamá.

Samir por aquel entonces aún era un niño.

Cuando salíamos por las noches y nos tumbábamos sobre la tierra mirando el cielo estrellado siempre repetía lo mismo:

—¿Por qué soy un niño? —se quejaba—. Yo quiero ver el mar y convertirme en un gran pez.

El lugar donde vivíamos era de un color amarillo intenso, lleno de arena y de vientos cálidos.

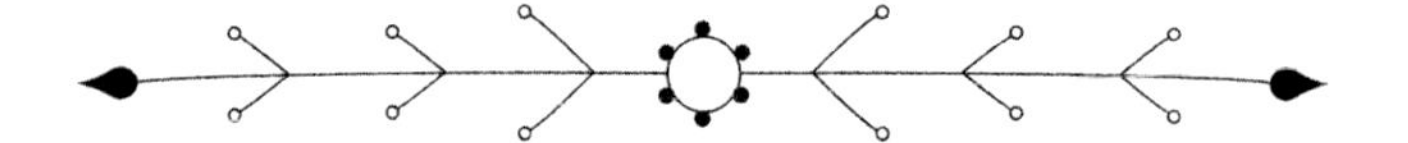

El mar quedaba muy lejos. Nadie de por allí lo había visto nunca.

—¿Y yo qué puedo ser? —le preguntaba a mi hermano.

—Tú serás…, pues una niña.

—¡Pero eso no es justo! Yo también quiero convertirme en algo distinto.

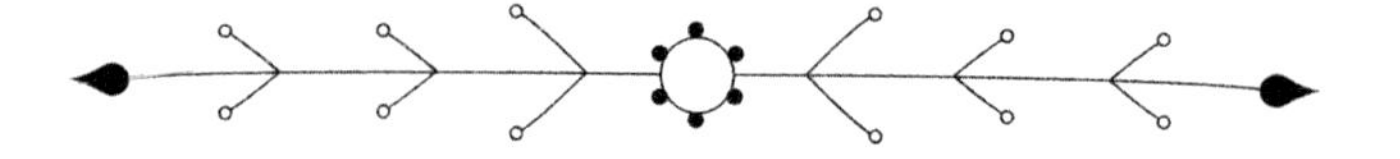

—Serás Salima. «Salima la aventurera» —sentenció.

—Pues vaya rollo. ¿Y eso qué significa?

—Un día comenzaremos una aventura inolvidable. ¡Ya verás!

Samir se reía mientras me acariciaba el pelo negro.

Yo me enfadaba mucho con él porque casi nunca lo entendía.

Los hermanos mayores siempre se creen más listos que nadie.

Una noche, cuando todavía me encontraba en el primer sueño, Samir me despertó y me sonrió como solo él sabía hacerlo.

—¡Rápido! Hoy comienza nuestra aventura.

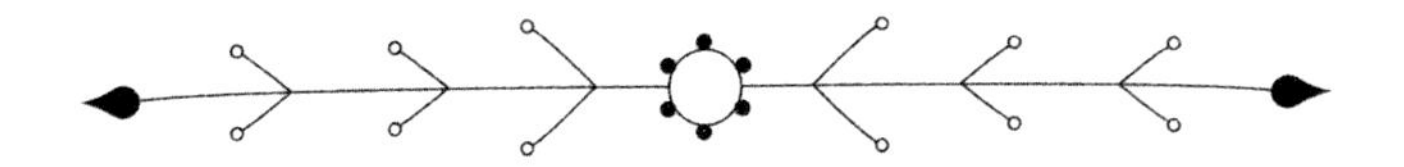

Yo tenía mucho sueño. Pero me vestí a su lado y lo seguí como si fuera su sombra.

—¿Vas a convertirte en pez?

Samir no paraba de reír emocionado mientras se calzaba unos zapatos viejos.

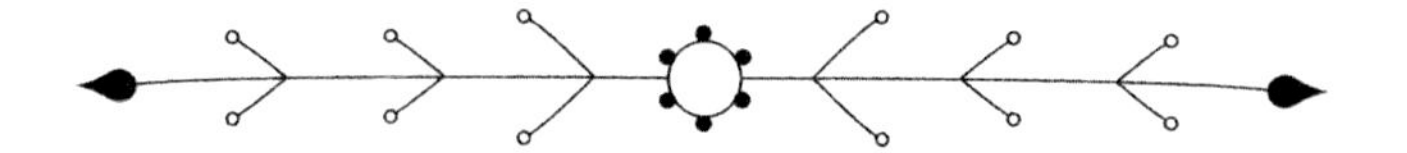

Se despidió de papá y de mamá, y yo hice lo mismo.

Mamá me abrazó tan fuerte que casi me dejó sin aliento.

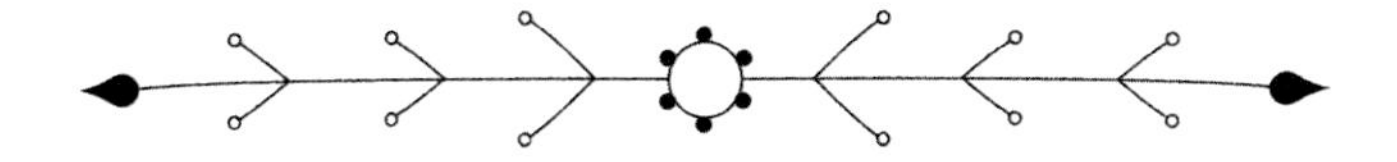

Papá me miró como queriendo decirme algo importante, pero al final nos besó y nos hizo salir de casa.

Salimos acompañados de Ahmad, un amigo de la familia.

Nos subimos al techo de una destartalada camioneta marrón repleta de gente, que arrancó en medio de la noche.

—¿Adónde vamos, Samir? —le pregunté algo asustada.

—No tengas miedo, hermanita. Vamos a cumplir nuestros sueños.

—¿Vas a convertirte en pez? —insistí.

Volvió a sonreír sin decir nada.

Y yo volví a enfadarme porque no entendía esa sonrisa de mayores.

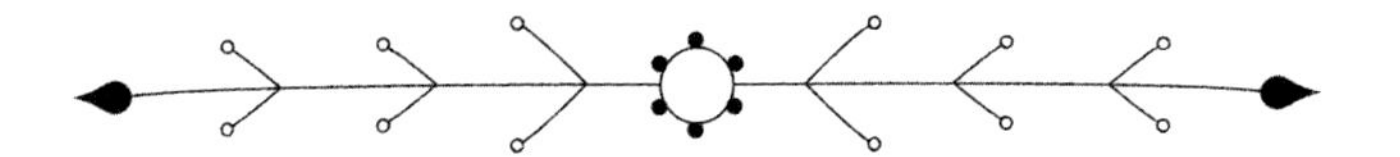

El viaje era incómodo. Los hierros del techo del vehículo se me clavaban en todos los huesos.

Estaba muy cansada y se me cerraban los ojos.

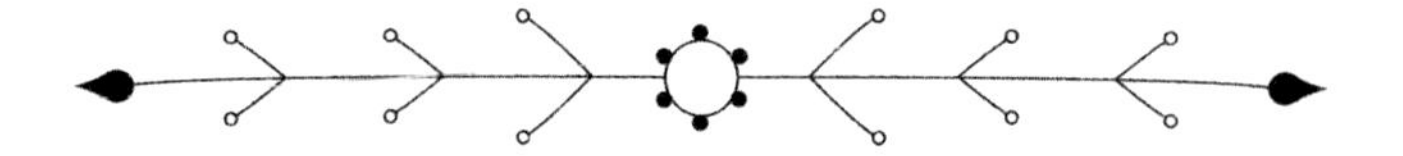

A mitad de camino, la luna, redonda y brillante como nunca, dejó caer un pañuelo de seda trenzado y multicolor sobre mis manos.

Yo miré sorprendida a mi hermano y este agarró el pañuelo con fuerza al mismo tiempo que me rodeaba con sus brazos.

—¡Agárrate, Salima! —exclamó.

Samir tomó impulso y saltamos de la camioneta dejando atrás a los otros viajeros.

Ahmad no daba crédito.

Volamos por encima de las dunas anudados a una luna que nos balanceaba suavemente.

El viento acariciaba mi cara y despeinaba mi pelo.

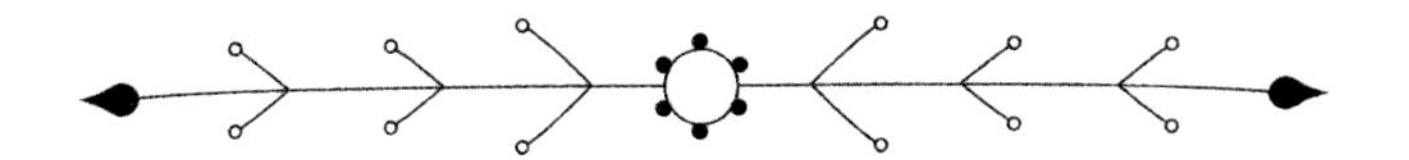

Finalmente, me dormí entre las nubes.

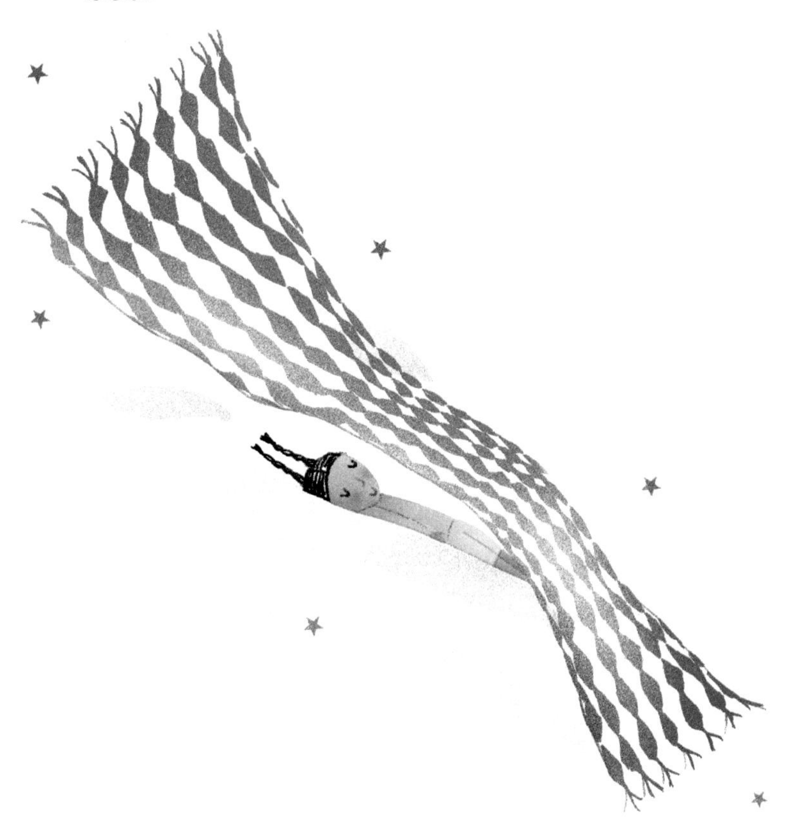

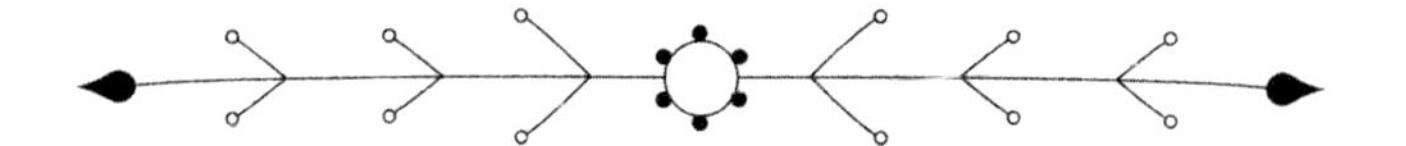

Desperté en una playa enorme.

Aquella era la primera vez que veía el mar.

Me pareció sobrecogedor. ¿Cómo había tanta agua?

Samir estaba a mi lado, sentado.

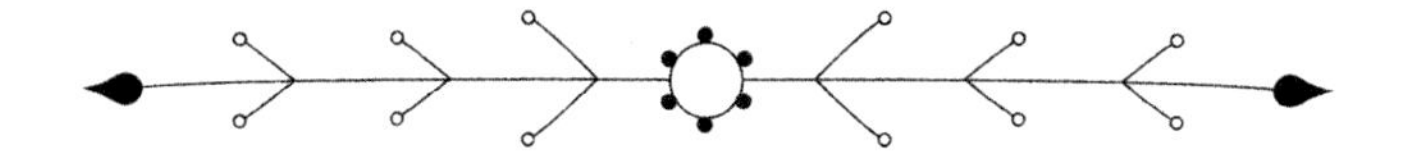

Miraba fijamente el horizonte como embobado.

Alrededor descansaban cientos de personas. Reconocí algunas caras.

—¿Estás preparada para otra aventura? —dijo Samir sin dejar de mirar el mar.

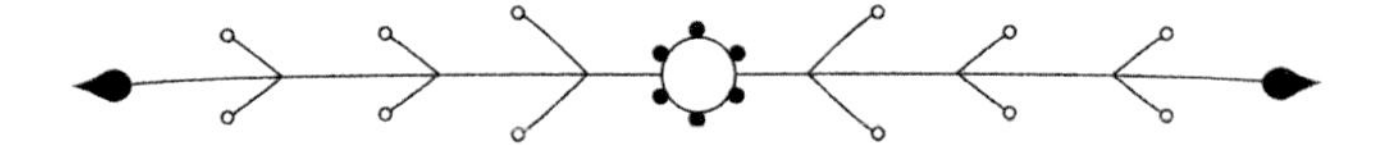

—No sé. Pero ¿adónde vamos? —pregunté curiosa—. ¿Volveremos a ver a papá y a mamá?

—Ellos vendrán más tarde. Ahora tengo que prepararme. Voy a convertirme en pez.

—¿Ahora? —me sorprendí—. ¿Y yo qué seré?

Samir me miró. Sus ojos eran extraños y su piel más blanquecina, incluso diría que algo azulada.

—Salima la aventurera —sonrió.

Entrada de nuevo la noche, mi hermano me hizo subir con rapidez a una gran barca.

Nunca había navegado. Aquello era emocionante.

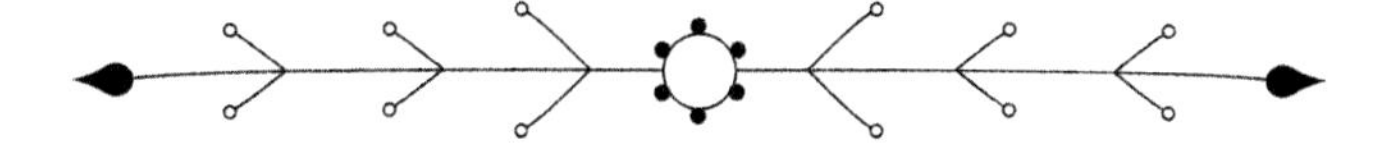

La gente se agitaba nerviosa y el capitán gritaba órdenes.

Los capitanes de los barcos que había visto en los libros llevaban preciosos uniformes blancos; sin embargo, aquel capitán iba muy mal vestido.

El viaje era largo y pesado.

La barca saltaba sobre las olas con violencia y el agua salpicaba nuestros rostros.

El agua estaba salada. No me gustó nada.

Hacía mucho frío y me acurruqué en el regazo de Samir, que lo único que hacía era mirar el oscuro mar. Yo observé la luna esperando que nos lanzase de nuevo aquel pañuelo de seda

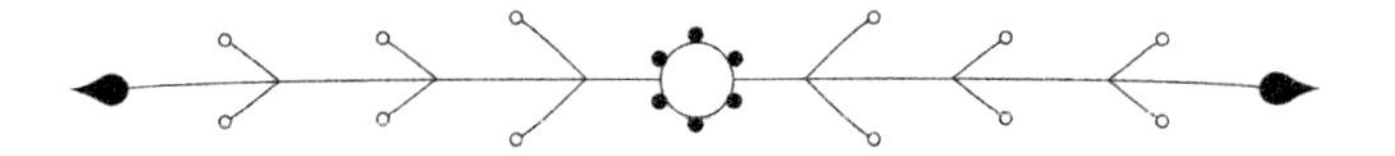

trenzado, pero esta vez las nubes la cubrían.

De repente, una ola sacudió la barca y todos caímos sobre la cubierta. La barca se detuvo mientras era zarandeada por las agitadas olas.

—¿Qué ocurre, Samir? —le grité.

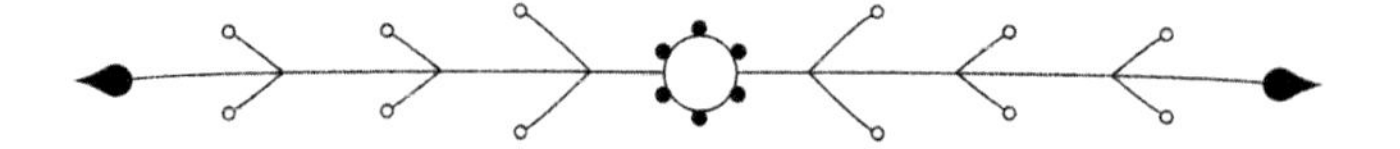

—¡Son los brazos de la bestia que habita en las profundidades!

Mi hermano se apoyó en el borde de la barcaza con valentía. Sus piernas se habían unido formando una bonita cola de pez.

—¡Samir! —exclamé boquiabierta—. ¡Te estás convirtiendo en un pez!

La bestia lanzó unos gruesos miembros formados por algas que enzarzaron la barca, mientras el capitán seguía tratando de hacerla arrancar. Aquel animal de brazos verdes nos engullía en el mar… De entre las aguas se oía un fiero rugido.

Samir me miró con sus ojos negros de pez y rio con fuerza.

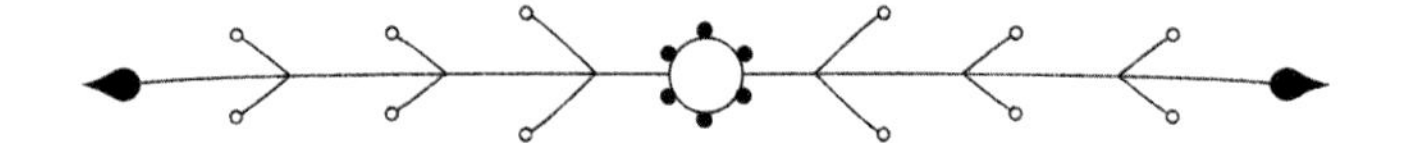

—¡Ya no soy un niño, Salima! ¡Ya soy un pez!

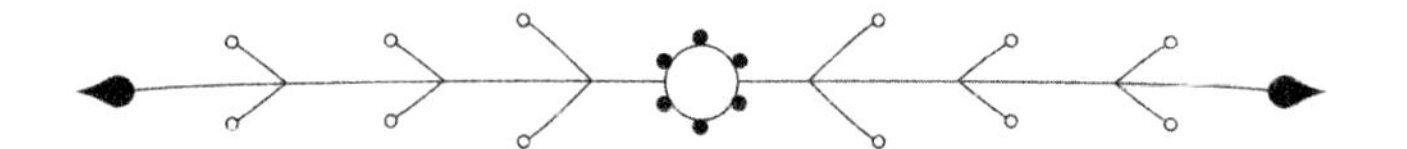

Y con sus brazos transformados en aletas se lanzó al agua. Muchos otros navegantes, incluido el capitán, también se volvieron peces. Unos grandes y plateados, otros gordos y de colores, incluso Ahmad se convirtió en un hermoso delfín…

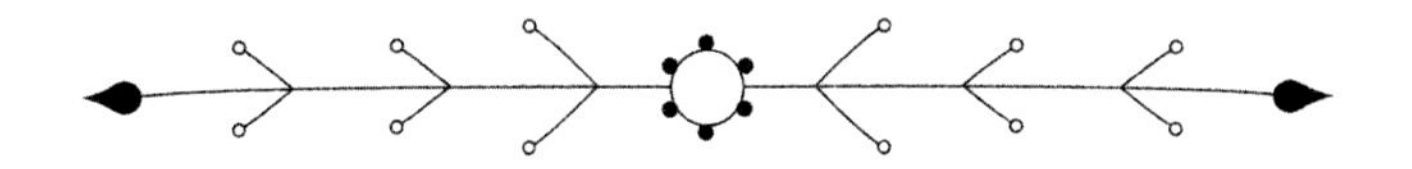

Desenredaron la madeja de algas que estrangulaba la barcaza y esta consiguió arrancar con velocidad. La noche dejó de ser tan oscura, cuando los brazos de la bestia se hundieron en el mar, con la ayuda de Samir y sus compañeros peces. La gente suspiró

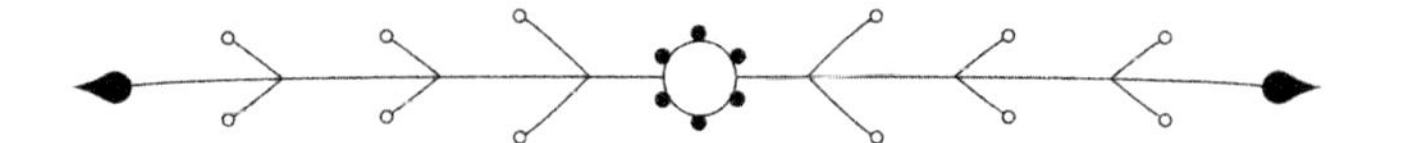

aliviada y agradecida mientras yo observaba cómo la luna se hacía un hueco entre las nubes, para guiarnos hasta la costa. Aquel fue el final de nuestro viaje. Y aquella aventura terminó. Pero otra mucho más larga dio comienzo…».

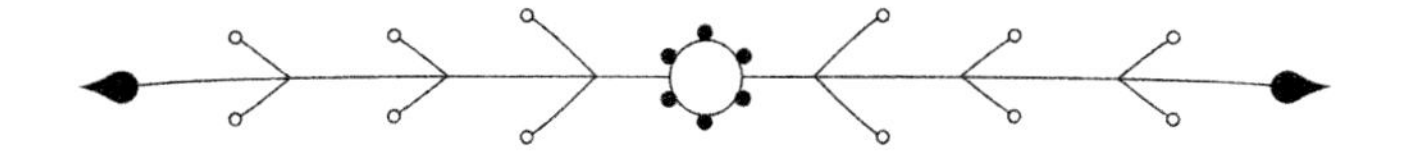

—Salima la aventurera... —susurró la profesora Ana.

—¡Se ha inventado esta historia! —dijo un compañero de clase.

—¡No! —le cortó Inés—. Salima siempre dice la verdad. ¿Me llevarás a ver a Samir?

Yo le sonreí, igual que hacía mi hermano. Entonces entendí aquella sonrisa. Era una sonrisa sincera, de agradecimiento.

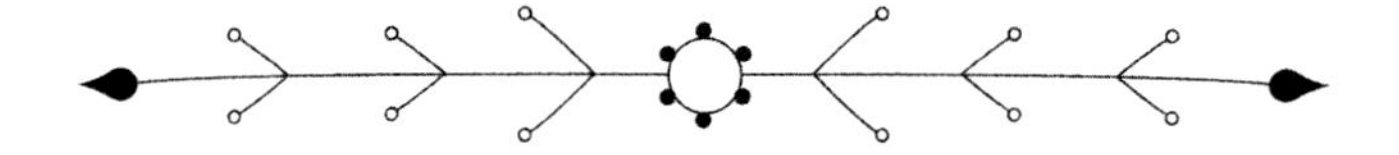

Aquella tarde al salir del colegio Inés y yo nos acercamos hasta la playa. Hacía algo de frío, pero aun así nos descalzamos. Nos mojamos las piernas hasta las rodillas y esperamos... esperamos la llegada de Samir.

Se hacía tarde. Nuestros papás tomaban algo en una cafetería cercana a la playa. Hablaban y reían desconociendo nuestro secreto.

—¿Seguro que vendrá? —preguntó Inés.

—Siempre viene a verme —dije con seguridad.

La luna asomó con timidez acompañando al cansado sol a la cama que tiene bajo el horizonte anaranjado. Inés, apremiada por sus papás, finalmente tuvo que marcharse.

—Pues vaya fastidio. Tu hermano es un pez muy impuntual —se quejó algo decepcionada.

Me quedé sola. Inquieta. Nerviosa.

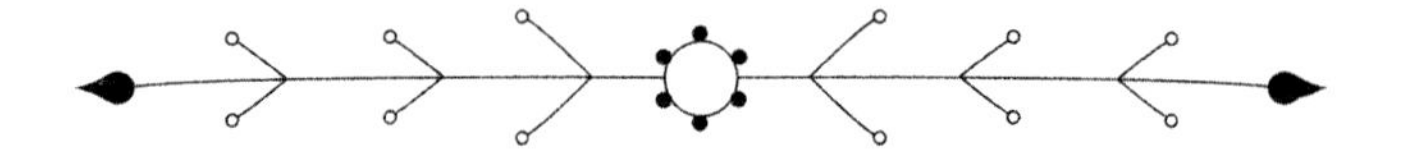

Decidí volver a la orilla de nuevo. Pero, justo cuando iba a salir del agua, escuché a lo lejos la alegre voz de Samir. Vino hacia mí como una flecha, sorteando las olas, agitando la cola, sonriendo como solo él sabía hacer. Quería contarle un montón de cosas. Quería contarle que había narrado nuestra aventura a toda la clase. Quería contarle que mi amiga Inés deseaba conocerlo.

Pero no dije nada. Me quedé feliz observando cómo saltaba con fuerza y volvía a hundirse en el agua dejando un montón de espuma salada a su alrededor. Me quedé viendo a Samir rasgar las olas con su preciosa cola plateada. Me quedé viendo a mi hermano... ¡Un inmenso y hermoso pez!

**Autores:**

Daniel Tejero (Zaragoza, 1977) es actor, escritor y guionista. Coautor de la obra teatral *Los inmortales* (2001), ganadora de diferentes premios; autor del poemario *En la orilla del tiempo* (2004), publicado por la Diputación Provincial de Guadalajara; coautor de la obra teatral *La última función* (2010), y autor del cuento *Los tres reyes* (2015) junto a Roberto Malo y Jesús Mesa. Además, ha sido presentador de televisión y también guionista y humorista del Carrusel Deportivo Aragón de la Cadena SER.

Roberto Malo (Zaragoza, 1970) es escritor, cuentacuentos y animador sociocultural. Ha publicado varios libros de relatos y algunas novelas. Como guionista, tiene algunos cómics y álbumes.

Ha escrito varios libros infantiles (en colaboración con Francisco Javier Mateos), entre los que destaca *El rey que no podía dejar de estornudar,* publicado también por Edebé en esta misma colección, en 2014, e ilustrado por Blanca Bk.

**Ilustradora:**

Sofía Balzola nació en el lluvioso País Vasco, pero siempre le ha gustado el sol, tal vez porque nació en primavera. Estudió Bellas Artes en Madrid y después trabajó largos años en una editorial, donde aprendió cómo se hacen los libros. Gracias a esto elaboró su primer proyecto como ilustradora, *La mariposa Gris,* que recibió un premio Lazarillo. Actualmente vive en Barcelona y desde allí colabora con editoriales de Madrid, Barcelona y también de los Estados Unidos. Además ha trabajado como profesora de ilustración en Eina, Centre Universitari de Disseny i Art, y en Escola de la Dona de Barcelona.

Da las gracias a Asun Balzola por la ayuda profesional que le prestó y la recuerda con gran cariño.